當你出生的時候

文‧圖／艾瑪‧達德 Emma Dodd

翻譯／李貞慧

當ㄉㄤ你ㄋㄧˇ出ㄔㄨ生ㄕㄥ的ㄉㄜ時ㄕˊ候ㄏㄡˋ，

雨ㄩˇ停ㄊㄧㄥˊ了ㄌㄜ……

太陽出來了，
天也變藍了。

當你出生的時候，
雪融了 ⋯⋯

鳥兒在歌唱，
花兒在生長。

當_{ㄉㄤ}你_{ㄋㄧ}出_{ㄔㄨ}生_{ㄕㄥ}的_{ㄉㄜ}時_ㄕ候_{ㄏㄡ}，
小_{ㄒㄧㄠ}草_{ㄘㄠ}在_{ㄗㄞ}擺_{ㄅㄞ}動_{ㄉㄨㄥ}……

海_{ㄏㄞˇ}面_{ㄇㄧㄢˋ}上_{ㄕㄤˋ}波_{ㄅㄛ}光_{ㄍㄨㄤ}粼_{ㄌㄧㄣˊ}粼_{ㄌㄧㄣˊ}，
一_ㄧ陣_{ㄓㄣˋ}微_{ㄨㄟˊ}風_{ㄈㄥ}吹_{ㄔㄨㄟ}來_{ㄌㄞˊ}。

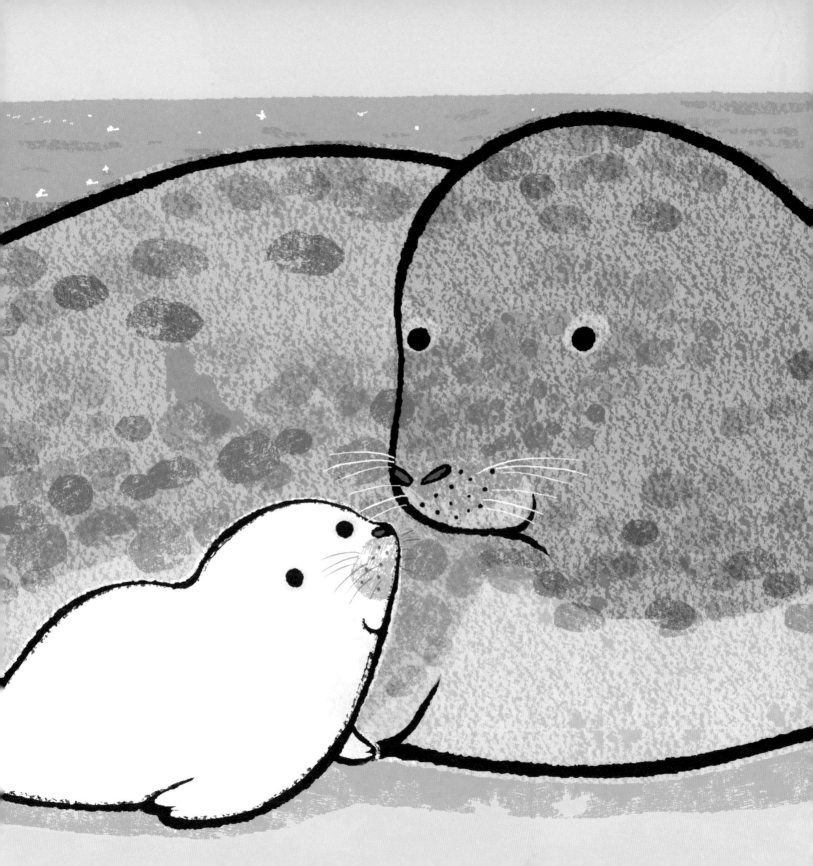

當你出生的時候，
我們的心在歌唱……

我ㄨㄛˇ們ㄇㄣˊ的ㄉㄜˊ靈ㄌㄧㄥˊ魂ㄏㄨㄣˊ在ㄗㄞˋ翱ㄠˊ翔ㄒㄧㄤˊ，
我ㄨㄛˇ們ㄇㄣˊ的ㄉㄜˊ煩ㄈㄢˊ惱ㄋㄠˇ飛ㄈㄟ離ㄌㄧˊ。

當_{ㄉㄤ}你_{ㄋㄧ}出_{ㄔㄨ}生_{ㄕㄥ}的_{ㄉㄜ}時_ㄕ候_{ㄏㄡ}，
我_{ㄨㄛ}們_{ㄇㄣ}都_{ㄉㄡ}笑_{ㄒㄧㄠ}了_{ㄌㄜ}……

我ㄨㄛˇ們ㄇㄣ都ㄉㄡ哭ㄎㄨ了ㄌㄜ，
我ㄨㄛˇ們ㄇㄣ的ㄉㄜ夢ㄇㄥˋ想ㄒㄧㄤˇ實ㄕˊ現ㄒㄧㄢˋ了ㄌㄜ。

當你出生的時候，
我們以嶄新的眼光看世界。

文‧圖／艾瑪‧達德 翻譯／李貞慧

主編／胡琇雅 行銷企畫／倪瑞廷 美術編輯／蘇怡方

董事長／趙政岷 總編輯／梁芳春

出版者／時報文化出版企業股份有限公司

108019台北市和平西路三段240號七樓

發行專線／（02）2306-6842

讀者服務專線／0800-231-705 、 （02）2304-7103

讀者服務傳真／（02）2304-6858

郵撥／1934-4724時報文化出版公司

信箱／10899臺北華江橋郵局第99信箱

統一編號／01405937

copyright © 2021 by China Times Publishing Company

時報悅讀網／www.readingtimes.com.tw

法律顧問／理律法律事務所 陳長文律師 、 李念祖律師

Printed in Taiwan

初版一刷／2021年05月14日

初版二刷／2024年02月20日

採環保大豆油墨印製

When you were born...

First published in the UK in 2013 by Templar Books,

an imprint of Bonnier Books UK,

The Plaza, 535 King’s Road, London, SW10 0SZ

www.templarco.co.uk

www.bonnierbooks.co.uk